folio cadet ▪ premières lectures

Maquette : Claire Poisson

ISBN : 978-2-07-063110-0

Numéro d'édition : 243036
Loi n° 49-956 du 16 juillet 1949 sur les publications destinées à la jeunesse
Premier dépôt légal : février 2010
Dépôt légal : mars 2012
Imprimé en France par I.M.E.

Rendez-moi mes poux !

Pef

GALLIMARD JEUNESSE

1

Mathieu habitait un luxueux appartement de la résidence privée des « Nouveaux Seigneurs ». Un appartement avec beaucoup de vitres et une serrure à alarme-laser.

Avec deux télés, un magnétoscope à télécommande et un ouvre-boîte électrique.

Mais Mathieu s'ennuyait tout seul à la maison. Ses parents partaient très tôt le matin pour éviter les embouteillages sur l'autoroute de l'Ouest.

À leur retour, tard le soir, ils trouvaient souvent Mathieu endormi parmi ses jeux vidéo ou électroniques. Il en avait trente-huit, plus tous ceux qu'il empruntait à ses copains.

– Il lui faudrait une petite sœur, suggérait son père. Il pourrait jouer avec.

– Pas question, répliquait sa mère, je serais obligée de m'arrêter de travailler, et on ne pourrait plus payer le loyer de l'appartement.

– Ah ! disait le père.

2

Un jour, Mathieu sentit que ça le démangeait dans sa tête. Et, en se grattant très fort, il découvrit qu'il avait des poux.

– Oh ! fit-il, des poux !

Je poux aime,
un pou,
beau pou,
à la poulie,
pas du pou !

Mathieu ne le savait pas, mais cette phrase, dite par hasard, était une phrase magique. Elle donne aussitôt la parole aux poux et les rend domestiques, fidèles et obéissants. Mathieu en tira une poignée de ses cheveux et leur souhaita la bienvenue sur lui. Puis il les peignit en rouge et en jaune et organisa un tournoi de pou-de-balle.

Le soir venu, il rangea ses nouveaux copains dans une boîte d'allumettes et leur fit un lit douillet avec une mèche de ses cheveux.

– Si ma mère vous voit, vous êtes fichus. Vous voulez un peu de sucre en poudre ? demanda Mathieu.

– Jamais avant de dormir, à cause des caries dentaires, répondirent les poux soucieux de leur santé. Bonne nuit, Mathieu !

Lorsque ses parents revinrent du travail, ce fameux jour, Mathieu était bien éveillé et de fort bonne humeur. Il se permit de chatouiller sa mère :

– Arrête, Mathieu, on est fatigué !

– Ah ! vous avez eu un empouteillage ?

– On dit embouteillage, Mathieu, rectifia son père.

– Je sais, fit Mathieu en allant rire sous ses couvertures.

Et ses parents estimèrent que leur fils devenait raisonnable, plus mûr, et qu'il n'avait plus besoin de petite sœur.

3

Les poux se plaisaient beaucoup sur Mathieu. Leur ami les nourrissait deux fois par jour en saupoudrant sa tête de chocolat râpé.

– Quand vous serez dix mille, promettait Mathieu, je vous installerai dans un sac en plastique transparent et on montera sur la tour Eiffel !

– Emmène-nous avec toi à l'école, suppliaient les poux.

– Jamais de la vie ! s'écriait Mathieu. Marie-Rose, ma maîtresse, elle vous a en horreur, elle passe son temps à fouiller nos cheveux. Quand elle en trouve un,

elle le coince dans une diapositive et elle le projette sur l'écran. Elle nous fait une leçon de sciences pour nous apprendre à vous détester !

– Quelle horreur ! s'exclamaient les poux.

– Et ce n'est pas tout, expliquait encore Mathieu, monsieur Parrapouh, le directeur de l'école, on l'appelle le Bombardier. Il nous désinfecte avec des gaz toxiques et ça vous tue.

– Bon, admettaient les poux, mieux vaut rester sagement chez toi, à attendre ton retour.

4

Dans la journée, les poux faisaient le ménage de leurs dortoirs, les boîtes d'allumettes.

Il y en avait quatre-vingts, à présent, sur plusieurs étages et bien exposées au sud, sous le lit. Parfois ils partaient en promenade dans les brosses à dents ou les brosses à chaussures. Elles leur rappelaient la tête de Mathieu, en moins désordre et en plus artificiel.

Mais, dès le retour de leur ami, ils lui sautaient dessus et ils retrouvaient le monde sauvage et plein de surprises des vrais cheveux.

Depuis qu'il avait des poux, Mathieu ne se faisait pas prier pour aller se coucher. Il savait que, pendant la journée, les poux avaient parcouru des pages et des pages de livres dans la bibliothèque de ses parents.

Et Mathieu s'endormait en écoutant des histoires fantastiques racontées par une demi-douzaine de poux assis en rond dans le creux de son oreille.

Mais, pour les poux, le jour le plus attendu de la semaine était le mercredi, jour de piscine.

Mathieu les emmenait tous dans la salle d'eau où il se faisait couler un bain moussant. Puis il fixait dans ses cheveux une dizaine d'allumettes.

Ces allumettes servaient de tremplins, et la baignoire devenait une piscine à poux, catégorie olympique.

Les petits poux pataugeaient dans le porte-savon et les grands poux se payaient de sacrées parties en escaladant Mathieu et en courant sur les tremplins.

Et Mathieu ne voyait plus le temps passer tellement il était heureux...

5

Hélas, un jour, sa mère revint plus tôt que prévu. De l'entrée, elle entendit couler l'eau du bain et dit :

– C'est bien, Mathieu, tu commences à prendre soin de toi !

Elle poussa la porte et, juste après, un cri terrible :

– Mais c'est é-pou-vantable !...

Sur la baignoire flottait une sorte d'iceberg tout noir : la tête de Mathieu.

– Habille-toi pou de suite ! hurla sa mère.

Pour les poux, le mot épouvantable est un mot maudit, un mot qui les paralyse. Fini, l'enchantement ! Les poux ne pouvaient plus, ne parlaient plus, n'obéissaient plus...

– Sors de là, cria encore sa mère, on va chez le pharmacien !

– Mais c'est pas grave du pou, maman !

– Tais-toi et ne me pousse pas à pou ! répondit-elle.

Mais la maman de Mathieu avait bien trop honte de pou ce qu'il lui arrivait pour oser pousser la porte d'une pharmacie.

– Nous ne sommes pas pauvres et mon fils a des poux, répétait-elle sans cesse. De toute façon, il y avait bien trop de monde à la pharmacie Pourot et, comme par hasard, ses deux voisines de palier.

Et pouis l'autre pharmacie était fermée pour cause de répouration, ses poutres pourries étant devenues pourfaitement dangereuses pour la poupulation.

– Je n'en poux plus, haletait la mère de Mathieu en poussant d'affreux poupirs. Je ne vois plus qu'une solution : qu'on te poupe les cheveux, et pou vite que ça !

– Mais, Madame, répondit le coiffeur, c'est impoussible. Je ne pourrai suppor-ter de voir les poux de votre fils courir à poutes jambes sur les têtes de mes clients qui attendent patiemment leur pour !

6

Mathieu et sa mère poursuivirent leur chemin et apouerçurent soudain des militaires dont les têtes étaient entièrement rasées.

– Vite, à la caserne, ordonna-t-elle à Mathieu.

POUCHERIE

Là-bas le coiffeur des soldats se montra pouarticulièrement aimable :

– Nous avons même un aspourateur qui va nous dépouarrasser de cette vermine.

Cinq minutes plus tard, Mathieu n'avait plus un pou sur la tête. Et plus de cheveux non plus.

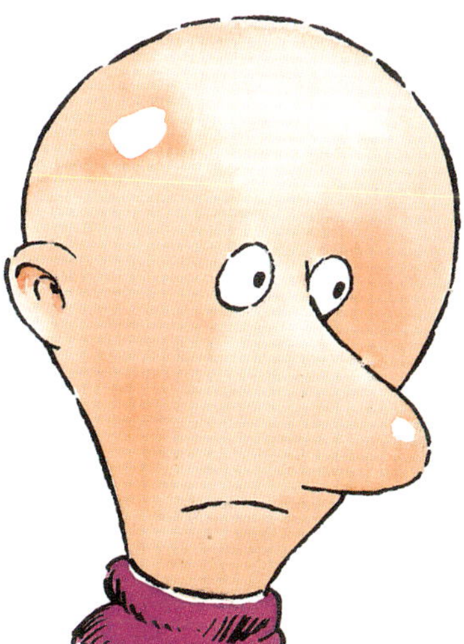

Sa tête était rasée et sa mère était ravie. Elle avait pu téléphoner à son mari et la belle et propre voiture de la famille s'était arrêtée devant la porte de la caserne. Mathieu monta à l'arrière en maugréant :

– Rendez-moi mes poux !

– Tu parles, qu'on va te les rendre, râla son père. Confisqués ! Tu ne les reverras plus !

– Rendez-moi mes poux, insistait Mathieu.

– Jamais ! Tu es privé de poux !

Et le père de Mathieu regarda sévèrement son fils dans le rétroviseur.

– Faudra que je conduise la voiture au garage, ajouta-t-il, elle fume, c'est tout noir, derrière !...

Mais, était-ce vraiment de la fumée ?...

Pef

Avez-vous toujours écrit ?
Oui, j'ai commencé à l'âge de 11 ans par des poèmes très tristes qui... faisaient rire les filles... Ensuite, à 20 ans, je suis devenu journaliste. C'est en 1978, à 38 ans, que j'ai publié mon premier livre : *Moi, ma grand-mère*.

Combien d'histoires avez-vous publiées ?
J'ai publié environ une centaine d'histoires, des aventures, des contes, des poésies, mais j'ai aussi illustré autant d'histoires écrites par d'autres auteurs. Je ne fais plus très bien la différence.

Où et quand aimez-vous travailler ?
Hum ! j'aime travailler n'importe où, en train, sur la plage, dans mon atelier. Il vaudrait mieux me demander où je ne travaille pas et quand je ne travaille pas...

Qu'est-ce qui vous a inspiré cette histoire ?
Un jour, j'ai eu vraiment des poux, je leur ai demandé de se tenir tranquilles car je parlais avec des enseignants. Ils m'ont obéi et ont préféré déménager de ma tête pour aller visiter celle de ma fille qui avait de plus longs cheveux que moi.

Faire rire, c'est essentiel pour vous ?
Je suis d'un naturel plutôt gai. J'aime faire des farces. Mais je peux être aussi très malheureux. Alors, je me soigne en dessinant de grands nez à mes personnages. Ils me consolent et, d'un coup, tout va mieux !

À quoi aimez-vous passer votre temps libre ?
J'habite au bord d'un lac. Les canards, les cormorans et les hérons accompagnent mes promenades en canoë. Comme j'ai été essayeur de voitures de course, j'ai une collection de petits bolides. Mes petits-fils se demandent si j'ai vraiment grandi.

je lis tout seul

Pour les jeunes apprentis lecteurs
Niveau 2

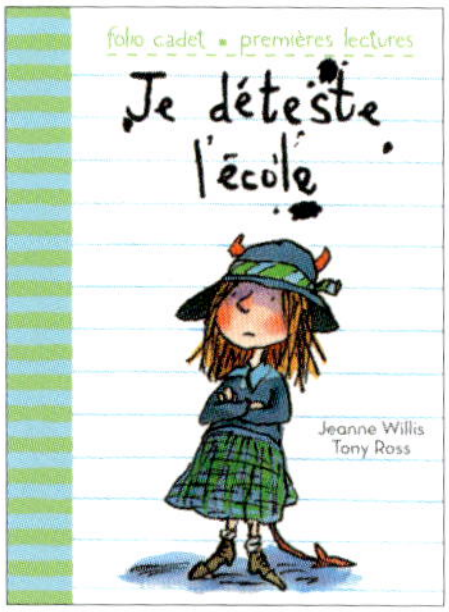

n° 7 *Je déteste l'école*
par Jeanne Willis
et Tony Ross

n° 8 *La belle lisse poire du prince de Motordu*
par Pef

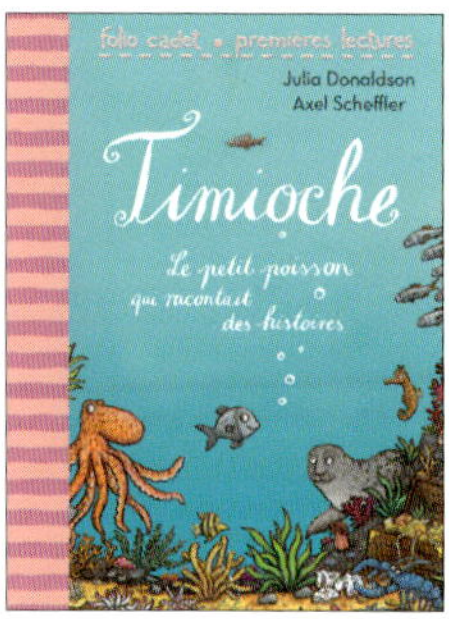

n° 9 *Timioche*
par Julia Donaldson
et Axel Scheffler

n° 10 *La pantoufle écossaise*
par Janine Teisson
et Clément Devaux

n° 13 *Le monstre poilu*
par Henriette Bichonnier
et Pef

n° 15 *La sorcière aux trois crapauds* par Hiawyn Oram
et Ruth Brown

n° 17 *La bicyclette hantée*
par Gail Herman
et Blanche Sims

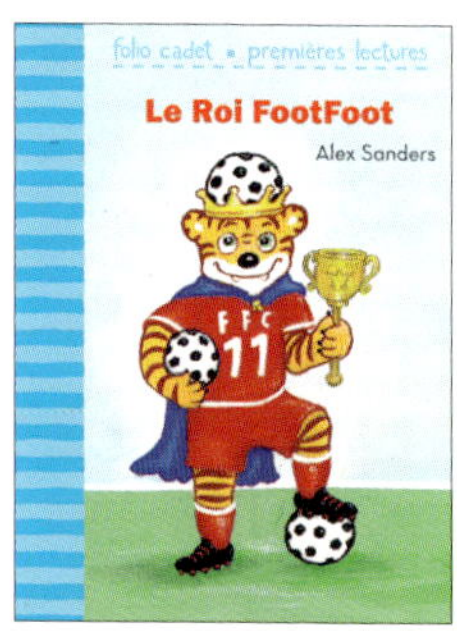

n° 21 *Le roi FootFoot*
par Alex Sanders

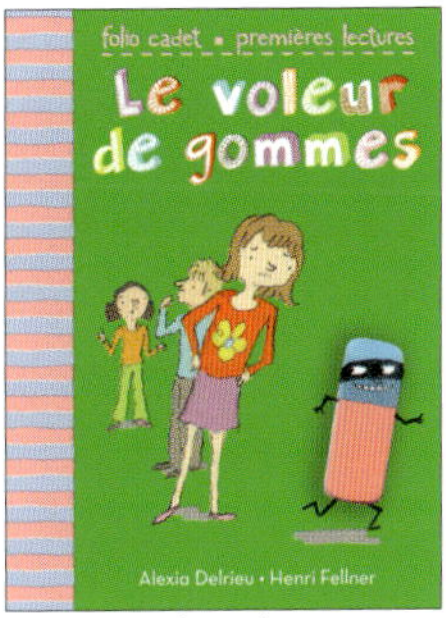

n° 26 *Le voleur de gommes* par Alexia Delrieu et Henri Fellner

n° 29 *Le chapeau de l'épouvantail* par Ken Brown

n° 30 *Pincemi, Pincemoi et la sorcière* par Henriette Bichonnier et Pef

n° 31 *Un chat de château* par Janine Teisson et Clément Devaux

n° 32 *C'est le néléchat!* par Marie Leymarie et Clotilde Perrin

n° 35 *Le coiffeur de Mireille l'Abeille* par Antoon Krings

n° 36 *Les Pyjamasques au zoo* par Romuald

n° 38 *Le roi des bons* par Pef

je commence à lire

Pour les jeunes apprentis lecteurs
Niveau 1

n° 4 *Gipsy et Alexis*
par Emma Chichester Clark

n° 5 *Les Bizardos rêvent de dinosaures* par Allan Ahlberg et André Amstutz

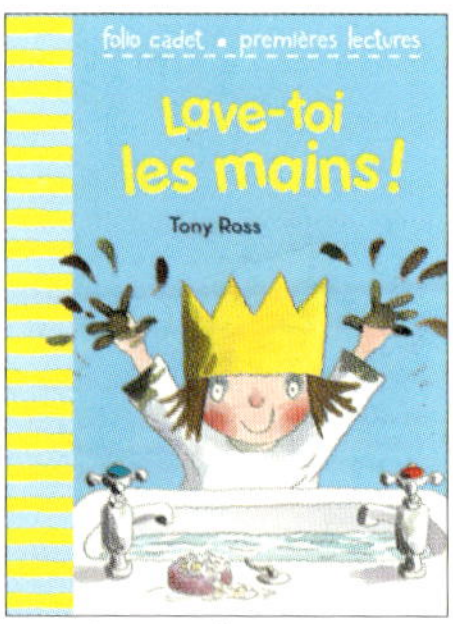

n° 16 *Lave-toi les mains !*
par Tony Ross

n° 20 *Crapaud*
par Ruth Brown

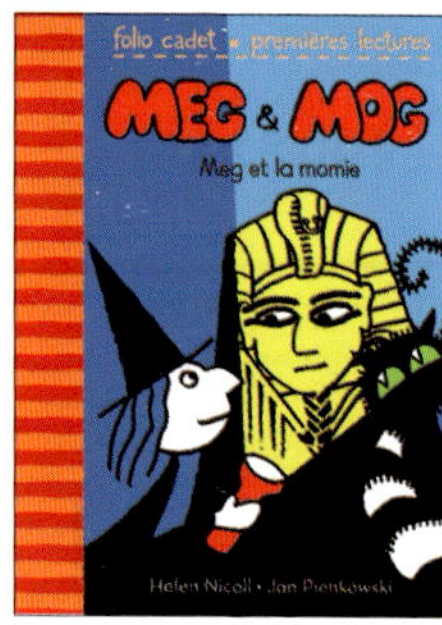

n° 27 *Meg et la momie*
par Helen Nicoll
et Jan Pieńkowski

n° 37 *Grand-mère Loup, y es-tu ?*
par Ken Brown

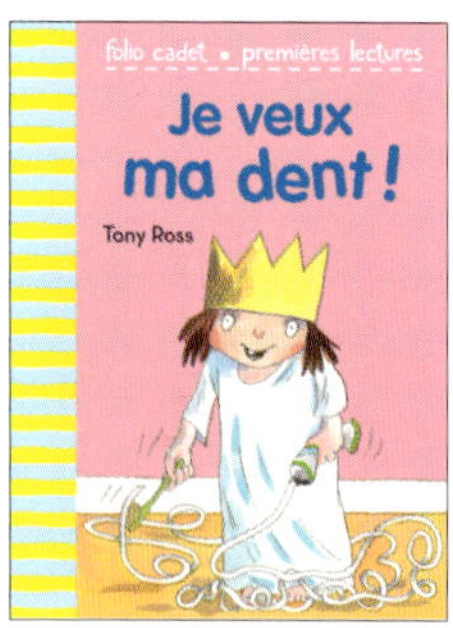

n° 39 *Je veux ma dent !*
par Tony Ross

n° 40 *J'ai vu un dinosaure*
par Jan Wahl
et Chris Sheban